Peter Grande

Mein Bruder, sein Freund, mein Auto

WANNE-EICKEL

Cover Foto: Gemeinfrei
Herausgeber: Peter Grande
Autor: Peter Grande

Herstellung und Verlag:
BoD – Books on Demand, Norderstedt

ISBN: 9783752624557

Mein Bruder, sein Freund, mein Auto

Diese Geschichte basiert auf wahre Begebenheiten in den 60 / 70 Jahren, wie schon im ersten Buch : Mein Leben von damals bis heute, geschrieben.

Mit 18 Jahren konnte ich meinen Führerschein machen und nach bestandener Prüfung bekam ich auch dann mein erstes Auto geschenkt, einen Fiat 600, älteres Model, Gebrauchtwagen, klein, fein, mein.

Dieses Auto sollt noch eine große Rolle in meinem Leben spielen. Aber bevor ich zum Autofahren kam, war mein zweites Zuhause die Gaststätte Dorneburg gewesen.

Eine gemütliche Kneipe und Treffpunkt vieler Jugendlicher. Mittendrin stand die Musikbox. Immer zum Wochenende wurde sich getroffen, zum Kickern, Billard, oder um Musik zu hören und das nicht gerade leise. Hier ging die Post ab.

Viele Wettbewerbe wie z. B.Luftgitarre spielen, wurden hier ausgetragen. Dazu hatten sich immer sehr viele Leute angemeldet, auch mein Bruder und ich.

Der Hauptpreis war dann ein toller Pokal. Leider haben mein Bruder und ich haben die Zielgeraden nicht erreicht, es gaben immer Leute, die besser waren als wir. Aber was hier zählte war der Spaß und der Zusammenhalt. Anschließend wurde noch ein gemütlicher Abend angestimmt.

Bevor alle nach Hause gingen war noch Kickern angesagt, auch hier wurden einige Runden ausgespielt, immer im Hintergrund tolle Musik von den Beatles oder Rolling Stones.

Wenn es die Zeit erlaubt hat, sind mein Bruder und ich losgezogen nach Eickel in die Discos Western Salon oder in die Palette. Beide Lokale waren zu dieser Zeit angesagte Discos im kleineren Rahmen. Hier verkehrte auch Franz Hüppmeier, ein bekannter Catcher, der auf der Cranger Kirmes in der Boxbude aufgetreten ist. Als echter Wanne Eickeler hat Franz auch immer mit seiner Show vor seinem Auftritt das Publikum angezogen. Wenn ich heute zurück denke was man früher so alles gesehen und mitgemacht hat, kann ich nur sagen, das es eine verdammt schöne Zeit war.

Der Freund von meinem Bruder war auch immer mit dabei gewesen, denn zu dritt hatten wir immer viel Spaß.

Dieser Freund war ein begnadeter Klavierspieler gewesen, täglich übte er, um neue Stücke von den Beatles einzuüben.

Eines Tages dann wurden wir alle zu ihm nach Hause zur Party eingeladen. Jeder musste etwas an Getränken mitbringen oder auch etwas zum Knabbern, denn Party machen, egal wo, war hoch angesagt. Zu dieser Zeit war unser Getränk gewesen der blaue Engel.

Der Freund meines Bruder setzte sich dann ans Klavier und legte los.

Es wurde in die Tasten gehauen, heraus kam eine rockige Musik von den Beatles.

Es wurde mitgesungen, getanzt, einfach nur Spaß haben. Mit der Zeit wurde es auch immer etwas lauter, was den Nachbarn nicht so gefallen hat. Nach einer Beschwerde wurde etwas wieder zurück gefahren, was auch gut war, denn so hörten wie auch die Schelle, es stand jemand vor die Haustür und wollte rein. Leute, vor der Tür stand Peter Grzan. Auch er hatte von der Party mitbekommen und wollte einfach nur bei den Kumpels dabei sein.

Die Freude darüber war natürlich sehr groß. Es war die Zeit da hatte Peter schon seine eigene Band und Show, die „Pit Kröte Show". Also mit Party langsam beenden war nichts, jetzt ging erst alles so richtig durch Peter los. Er hatte seine Gitarre dabei und legte los mit seinen Liedern, der Freund vom Bruder am Klavier.

So hatten wir die Nacht zum Tag gemacht und sollte nicht enden. Aber irgendwann war doch Schluss mit der Musik und wir konnte nun Gespräche mit Peter führen.

So habe ich auch Peter Grzan kennen gelernt. Ein toller Mensch. Das Schönste war, das Peter ganz in der Nähe von uns allen wohnhaft war, im Rosenring. So hat es sich dann auch ergeben das wir uns des öfteren gesehen und getroffen haben. Mit seiner Band Pit Kröte ist Peter Grzan im Meistertrunk und auf der Rampe der Hülsmann Brauerei des öfteren aufgetreten. Alle Veranstaltungen habe ich besucht, anschließend konnten wir uns dann in Ruhe unterhalten. Es war eine tolle Musik , die Peter mit seiner Band abgeliefert hatte und brachte damit das Publikum voll auf seine Seite und sorgte immer wieder für tolle Stimmung.

Später schlug Peter eine andere Richtung ein und wurde Künstler, Seine Kunst wurden u.a. auch in der Hülsmann Brauerei ausgestellt. In dieser Zeit haben wir uns nicht mehr so oft gesehen haben, Peter hatte sein Büro in die „Künstlerzeche unser Fritz" verlegt, und war dort nur noch selten anzutreffen.

Aber ich hatte es geschafft, das wir uns einmal dort getroffen haben und über alte Zeiten sprechen konnten. Da habe ich auch erfahren das Peter von

Wanne Eickel weggezogen ist nach Dülmen. Da hat sich dann auch unser Kontakt verloren.

Leider habe ich später dann erfahren das Peter Grzan verstorben ist, und auch in Dülmen beerdigt worden ist. Ein großes Talent war leider viel zu früh gegangen.

Nun zurück zu meinem jüngeren Bruder. In dieser Zeit hatten fast alle Jugendliche lange Haare (die so genannte Beatle-Mähne), so auch mein Bruder und ich. Nur ich habe mir die Haare immer etwas kürzen lassen im Gegensatz zu meinem Bruder. Er liebte das lange Haar, aber nicht mein Vater. Mein Vater bestand nun darauf das mein Bruder sich die Haare schneiden lässt, aber mein Bruder interessierte es nicht. So kann ich sagen, das wir zu Hause eine Woche lang dicke Luft hatten, nur weil mein Bruder stur blieb.

Nach dieser Woche wollte mein Vater gemeinsamen mit meinem Bruder beim Friseur einhalten. Mich nahm er direkt auch mit. Ich kam auch dann sofort dran, ich war der liebe Sohn, mir machte das Schneiden nichts aus.

Dann sollte mein Bruder sich setzen, ach du Schreck, mein Bruder war weg. Auch langes suchen brachte nichts, wie vom Erdboden verschluckt. Brüderchen war weg und nicht mehr zu finden.

Es wurde Abend und mein Bruder kam auch nicht nach Hause. Auch nicht am anderen Tag. Nun wurde die Polizei eingeschaltet.Aber hier wurde schon gesagt, daß er wieder nach Hause kommen würde, solche Fälle wären bekannt,wenn es um die Beatle-Haare der Jugenlichen gehe.

Gegen Mittag dann haben meine Eltern ein Anruf erhalten das man meinen Bruder in Köln aufgegriffen hat und dieser nun abgeholt werden kann.

Mein Vater und ich machten uns dann sofort auf den Weg nach Köln. Bei der dortigen Polizei konnten wir ihn dann wieder mitnehmen. Natürlich gab es zwischen den beiden eine deftige Aussprache, aber mein Bruder sagte, das er nicht sich die Haare schneiden lässt, sonst würde er wieder abhauen. Es kehrte nun Stille ein und wir fuhren nach Hause.
Zu Hause ging das Theater um die Haare dann weiter, die Haare kommen nicht ab, sonst....

Dann kam ein kleines Wunder, nachdem Mutter mit Ihm gesprochen hat, ging mein Bruder zum Friseur, aber nur um die Spitzen schneiden zu lassen.
Mein jüngerer Bruder war schon ein kleiner Rebell zu diesen Zeiten.

Irgendwann in der Dorneburg sprach mich dann der Freund meines Bruder an, Du hast doch ein Auto!

Kannst mich damit mal nach Gelsenkirchen fahren? In der Disco Royal, möchte ich dort mein Feuerzeug einlösen, welches ich dort als Pfand gelassen habe, als ich meine Rechnung nicht bezahlen konnte. In verschiedenen Lokalen konnte man noch einen Deckel machen (wenn man Stammkunde ist) und diesen später einlösen.

Da ich die Zeit hatte, sagte ich spontan zu und wir fuhren dort hin. Ich hatte mich am Tresen gestellt und mein Kumpel verschwand im Hinterzimmer. So schaute ich mich ein wenig um und den Leuten beim Tanzen zu. Es wurde der aktuelle Hit aufgelegt und die Tanzfläche war voll.

Dann habe ich an einem Tisch zwei Mädel sitzen sehen, die sich unterhielten, Schauten aber auch öfters zu mir rüber. Na ja, dachte ich, mein Kumpel noch nicht da, dann gehst mal rüber zu den Mädchen ein wenig baggern.
Es waren zwei sehr nette Mädchen, eine Blonde und die Andere mit dunklen, kurzen Haare. Mein Interesse galt dem Mädel mit den schwarzen Haaren. Wir schauten uns an, da merkte ich, ich habe Feuer gefangen.

Ich fragte ob wir ein wenig Tanzen können, ein klares ja bekam ich zur Antwort und schon standen wir auf dieser Tanzfläche und begannen uns zu bewegen.

Mein Herz begann zu pochen, es kam mir vor als würde es brennen, ein Gefühl was ich bis dato noch nicht kannte. Dann wurden wir unterbrochen, denn mein Kumpel kam zurück und wollte wieder gehen. Dann brachte ich meine Tanzpartnerin wieder zurück an den Tisch. Mein Kumpel kam dazu. Wir vier saßen noch einige Zeit gemütlich zusammen in einer regen Unterhaltung: woher kommt ihr, seit ihr öfter hier, was macht ihr beruflich ect.

Dann kam auch die Frage ob ich ein Auto habe was ich auch bestätigt habe. Dann können wir ja alle etwas Spazieren fahren meinte das blonde Mädel.

Na ja dachte ich, ein kleines Auto mit vier Personen, wird schon eng werden. Aber alle passten hinein, so haben wir den Abend mit einer kleinen Spazierfahrt beendet.

Verabredet haben wir uns dann für einige Tage später. Wir fuhren dann nach Gelsenkirchen um beide Mädchen am Treffpunkt abzuholen, sind dann zu einer Eisdiele gefahren. Mein Kumpel und die Blonde saßen beide hinten im Auto und so näherten sie sich etwas an,

Über viele Wochen haben wir uns zu viert getroffen, damit ein Vertrauen aufgebaut werden konnte. In dieser Zeit hatte man sich auch mit mein kleines Auto angefreundet, so konnte wir schnell von A nach B fahren und das Vertrauen dadurch immer mehr gestärkt. So kam es dann auch, das wir einen Zoobesuch planten in Gelsenkirchen, denn dort damals gab es damals den wunderbaren Ruhr-Zoo.

Hier konnten wir nun das erste mal getrennt spazieren gehen. Getroffen wurde sich dann später wieder am Ausgang. Man, was war ich stolz , das erste mal mit einem Mädchen alleine spazieren zu gehen, später dann Hand in Hand. Nach dem ersten Küsschen war ich dann über beide Ohren verliebt.

Zum Abend hin haben haben wir beide befreundete Mädel zu Hause abgesetzt.

Später habe ich auch erfahren, das meinem Kumpel es auch so ergangen ist. das man nun alleine ausgehen möchte um sich besser kennen zu lernen.

Ich war mit meiner Traumfrau eine Woche später in Gelsenkirchen verabredet.

Mittlerweile hatte auch mein Bruder von seinem Freund von den Verabredungen mit den Mädchen mitbekommen, und wollte mich zum Treffen unbedingt begleiten.

Mein Mädchen ist leider nicht erschienen, weil jemand wieder dabei war. Das es mein Bruder war, konnte sie ja nicht wissen. Lange Zeit hatten wir uns darauf nicht mehr gesehen. Um dieses Mädchen aber nicht zu verlieren musste ich viel Geduld und Zeit einbringen, damit ein Treffen wieder möglich war, aber wie?

Ich bat den Freund meines Bruder seine Freundin zu befragen. Mit Erfolg. Jetzt wusste ich auch ihren Hausname, Und wo sie arbeitet.

Das war die Rettung für mich. Ich rief mein Mädchen am Arbeitsplatz an. Was nicht so gut ankam, Privatgespräche wurden da nicht gern gesehen. Dementsprechend kurz angebunden viel das Gespräch aus. Ohne weitere Verabredung.

Dann machte ich eins, bin zu ihrer Firma gefahren und habe gewartet bis sie Feierabend hatte. Und gut das ich es gemacht habe, ich konnte sie sehen aber sie stieg am Parkplatz in einen VW und hatte mich gar nicht gesehen.

Ohne ein Blick oder ein Wort. War das etwa ihr Freund. (Später erfuhr ich, dass das ein Arbeitskollege aus der Abteilung war, der im gleichen Stadtteil wohnt, und sie nur mitgenommen hat.)

Sie hatte weder einen Führerschein oder Auto, Täglich zu Fuß von zu Hause bis zur Firma. Mein Traum war aber, das ich dieses Mädchen als meine Freundin haben wollte.

Viele, viele Tage sind vergangen bis ich das Glück hatte das ich mein Mädchen sprechen konnte. Ich durfte sie sogar in der Nähe ihres Hauses absetzen, so das wir noch ein wenig Zeit hatten, uns zu unterhalten. Da merkte auch ich das von ihrer Seite Interesse da war, mich näher kennen zu lernen, aber für weitere Treffen sollte ich nur alleine kommen, dann wäre auch sie bereit, mehr zu unternehmen.

Dazu war ich auch sofort bereit. Das nächste Treffen wurde besprochen, auch das Nächste und auch das Nächste.

Langsam wurde das Vertrauen wieder hergestellt, ich dufte auch ihr Händchen halten und bekam auch meinen ersten Kuss. Man, was war ich happy, ich schwebte auf Wolke 7. Ich hatte es geschafft das sie meine Freundin wurde.

Bei einer Spazierfahrt passierte aber etwas Peinliches: Es regnete in Strömen. In jeder Linkskurve kam Wasser ins Auto. Ich merkte erst nichts. Nur meine Freundin fing auf einmal an zu lachen und meinte fürs Wasser sollte man ein Boot nehmen. Sie wies auf den Fußraum, da sah ich, das die Fußmatten total nass waren! Zum Glück konnte ich später den Radkasten mit Hartfaser zu spachteln. Und das kleine Malheur schnell vergessen.

Auf einer Rückfahrt passierte mir das, das Auto ist während der Fahrt ausgegangen, so das ich in der Nähe des Nienhausener Parks das Auto abstellen konnte um nachzu- sehen was los war. Was ich nicht wusste war, das der Tank leer war, die Anzeige im Auto war leicht defekt gewesen und zeigte immer voll an. Da ich einen 5 l Reservekanister immer dabei hatte war es kein Problem um weiter zu fahren und nach Hause zu kommen. So dachte ich, nicht meine Freundin.

Meine Freundin meinte das es Absicht von mir war und ich was von ihr wollte. Ich solle zusehen das sie schnellstens nach Hause kommt sonst ist Schluss mit uns. Reservekanister raus, eingefüllt, Auto gestartet dann ab nach Hause gefahren. Unterwegs alles meiner Freundin erklärt das es nicht so gewesen war wie sie es gesehen hat, was auch später sie später eingesehen und sich auch entschuldigt hat.

In der Nähe ihres Hauses haben wir dann wieder geparkt und uns noch unterhalten, Ich durfte sie drücken und wollte gerade ihr ein Küsschen geben, da hämmerte es an der Beifahrerseite am Fenster. Ihr Vater kam nach Hause und hatte uns im Auto gesehen. Meine Freundin musste sofort aussteigen, aber auch ich sollte raus und mitkommen. Wie es mir in diesem Moment ging, kann man sich ja vorstellen.

Ich war fix und alle, meine Hände zitterten. Meine Freundin musste in ihr Zimmer und ich durfte nach einem kurzes Gespräch gehen: Mit dem Hinweis, seine Tochter nicht mehr sehen. Leute, da war ich fertig. Meine Freundin sagte mal in einem Gespräch, dass ihr Vater streng ist, fast ein Choleriker.

Vielleicht lag es an dem frühen Tod seiner Frau, die er zwei Jahre gepflegt hatte. Aber das er mich so stramm stehen ließ, habe ich nicht erwartet. Tage später rief meine Freundin mich von der Arbeit wieder an. Mir ist ein großer Stein vom Herzen gefallen, wir haben auch sofort einen Treffpunkt abgesprochen.

Vieles wurde dann besprochen: Erste Mal sprach meine Freundin von früher, von ihrer glücklichen Kindheit als ihre Mutter noch lebte. Danach wäre ihr Vater regelmäßig in Kneipen gegangen und kam betrunken nach Hause.

Wir wollten jedoch zusammenhalten, denn mit der Zeit wurde unsere Liebe immer stärker. Später stellte ich sie meinen Eltern vor. Sie wurde so herzlich aufgenommen, dass sie sich bei uns wohl fühlte. Kam Sonntags zum Mittagessen, brachte meiner Mutter Blumen mit. Wir verbrachten dann auch viel Zeit bei uns, in meinem Zimmer stand ein alter, ausrangierter Fernseher, der aber noch lief. So mussten wir nicht so oft ausgehen und konnten das Geld zusammenhalten.

Dieses haben wir dann auch später getan, wir wussten was auf uns zukommt und haben alles so hingenommen, alles überstanden, denn unsere Liebe zweier Herzen hielten fest zusammen.

Dieses war der Weg für weitere Abenteuer, welche nicht lange auf sich haben warten lassen.

Es kam eine Wende: Der Freund meines Bruders hatte Schluss gemacht mit der blonden Freundin. Und hatte Semesterferien.

Er sprach meinen Bruder an. Wir träumten doch schon mal davon, gemeinsam England zu besuchen, evtl. John Lennon zu sehen, seine Anschrift habe ich. Nur beide besaßen kein Auto. Was tun? Also trat man an mich heran: Bitte leih uns dein Auto, das ist sparsam im Verbrauch, klein, wendig, reicht für unsere Tour.

Ich sagte zu, mir das zu überlegen. Mein Bruder musste noch den Jahresurlaub bei seinem Arbeitgeber beantragen, was auch genehmigt wurde. Aber ich habe zugesagt den beiden mein kleinen Fiat 600 zu überlassen, mit der Bitte, mein Auto wieder heil zurückzubringen.

Der besagte Tag kam, alles wurde bepackt und die Fahrt ging los, Richtung England. Täglich bekamen wir Karten nach Hause geschickt, immer aus verschiedenen Orten, wo beide sich gerade aufhielten. Wie gut das Auto läuft und wie man zufrieden damit ist. Angesagt waren vier Wochen in England, aber es wurde noch eine Woche in Wales angehängt.

An den Karten war zu erkennen das beide sehr viel Spaß hatten. Karten bekamen wir immer noch, aber vom Auto wurde auch immer weniger berichtet. Das Positive war eine Karte, auf der stand drauf das man am Haus von John Lennon angekommen sei, aber niemand außer einer Haushälterin angetroffen wurde. Man wollte es später noch einmal versuchen. Jetzt erst wieder Party machen, so was hier gerade angesagt ist.

Nach den vielen Wochen erhielten wir endlich einen Anruf von den Beiden.

Uns geht es gut, aber wir möchten nach Hause. Ja, dann kommt doch nach Hause, wir vermissen euch schon hier. Tankt das Auto auf und ab nach Hause. Aber was dann kam ließ mir fast den Telefonhörer aus meiner Hand fallen,

„Da wir kein Geld mehr hatten waren wir gezwungen dein Auto zu verkaufen", haben aber die Nummernschilder gerettet und dabei. Nun sind wir blank und man will uns aus dem Bahnhof schmeißen! Ihr müsst nun kommen und uns abholen. Hier abholen heißt aus Ostende. Nun war guter Rat teuer, wie sollen wir es machen ohne Auto. Nach einigen Telefonaten habe ich ein Auto für zwei Tage,erhalten, meine Freundin abgeholt und ihr alles erzählt, darauf machten wir beide uns auf den Weg die Beiden aus Ostende abzuholen.

Nach einigen Stunden Fahrt kamen wir in Ostende an, die Freude war riesig gewesen, beide gesund wiederzusehen. Durchnässt, verfroren und hungrig standen sie vor uns. . Erstmal beide zum waschen geschickt, trocken geföhnt dann beide im Auto verstaut. In sehr kurzer Zeit waren beide auch sofort im Auto eingeschlafen.

So traten wir dann den Rückweg an um etwas später eine Rast einzulegen damit wir alle auch etwas essen und trinken konnten.
Am nächsten Morgen haben wir uns alle dann zusammen gesetzt um zu klären was denn nun passiert sei. Um Geld zu sparen hat man viele Nächte im Auto verbracht, aber es reichte hinten und vorne nicht aus. So hat man in einigen Lokalen vorgesprochen ob man arbeiten kann. Aber man hat ja nicht gerade auf die Beiden gewartet, so musste man schon etliche Lokale aufsuchen bis man das Kleeblatt gefunden hat, Man hatte ein kann.

Aber man hat ja nicht gerade auf die Beiden gewartet, so musste man schon etliche Lokale aufsuchen bis man das Kleeblatt gefunden hat, Man hatte ein Lokal gefunden, da die Spülmaschine defekt sei könnte man hier sofort einsteigen. Beide nahmen dieses Angebot an und durften für eine Woche hier arbeiten. Man hatte wieder Geld, aber wieder schnell ausgegeben.

Die Rückfahrt stand auch bevor, aber kein Geld mehr um rüber zu setzen oder um nach Hause zu kommen. Eine Möglichkeit war noch offen um an Geld zu kommen, das Auto muss gut verkauft werden.

Man hatte beiden geholfen einen Autohändler zu finden, der das Auto auch sofort abgemeldet hat und auch ein wenig Geld für das Auto bezahlt hatte. So hatten wir etwas Geld um uns die Tickets zur Überfahrt nach Ostende zu kaufen, aber die Nummernschilder habe ich vom Auto noch für dich bekommen. Ich wusste nicht ob ich weinen oder lachen sollte. Über lange Zeiten haben wir uns noch darüber unterhalten, denn diese Zeit vergisst man nicht und wird auch für immer in Erinnerung bleiben.

Mit der Zeit wurde alles wieder ruhiger, sicher hin und wieder wurde darüber gesprochen und nun konnte man auch darüber lachen. Aber mein erstes eigene Auto habe ich schon vermisst.

Zur Arbeit kam ich mit dem Moped meines Vaters, nach Gelsenkirchen zu meiner Freundin nur noch mit dem Bus. Alles war umständlicher. Sie musste um 22,00 Uhr zu Hause sein und nur zum Wochenende ausgehen. An die Fahrzeiten der Busse haben wir uns dann schnell gewöhnt, außerdem kamen wir jetzt dazu, viel spazieren zu gehen.

Aber die Zeit verging sehr schnell. Meine Mutter hat vom Versicherungsfachmann erfahren, wo eine Wohnung frei wird. Meine inzwischen Verlobte und ich haben uns bei dem Vermieter vorgestellt, und die Wohnung besichtigt. Wir bekamen die Zusage.

Dann ging alles sehr schnell. Wir benötigten den Wohnberechtigungsschein um einziehen zu können, Dafür müssen wir verheiratet sein.

Nach einen offiziellen Antrag bei meinem zukünftigen Schwiegervater, unterschrieb
er beim Standesamt die Genehmigung zur Heirat, weil meine Braut noch nicht voll-jährig (damals mit 21 Jahre) war.

Die Hochzeit fand in der Johanneskirche in Eickel, sowie die anschließende Feier im Familienkreis gegenüber im Meistertrunk statt. Mein Bruder wurde Trauzeuge, weil ich ja immer ein sehr gute Verhältnis hatte. Als unsere Tochter geboren wurde ist er auch Patenonkel geworden. Eine schöne glückliche Zeit.
Leider hat das Leben auch seine dunklen Zeiten. Zu erst starb mein Schwiegervater plötzlich an Herzversagen. Er hat sein Enkelkind nie kennen-gelernt. Meine Mutter (lt. meiner Frau die beste Schwiegermutter die es gab) starb nur 56jährig.

Dann wurde mein Bruder krank und ist auch später sehr jung verstorben, Ebenso sein bester Freund.

Inzwischen hat unsere Tochter geheiratet und wohnt ebenfalls in Wanne-Eickel. Unser Enkel ist diese Woche 10 geworden. Dieser Junge ist unser ganzer stolz. Auch verbringen wir sehr viel Zeit mit der kleinen Familie. Weil wir so gut harmonieren. Meine Frau und ich sind nun in einem Alter wo man es nun etwas gemütlicher angehen lässt, jeden Tag genießen, einfach das Leben zum Positiven gestalten.

Nun, diese Bücher zu schreiben war eine Anregung unseres Enkel, so habe ich als alter Einwohner von Wanne-Eickel das Buch „Mein Leben von damals bis heute in Wanne Eickel", sowie Teil 2 „Mein Bruder , sein Freund und mein Auto" geschrieben, Zwischendurch habe ich ein Kinderbuch geschrieben zum Vor-oder zum Selber lesen. Dieses tolle Kinderbuch hat den Titel: Das kleine Geschichtenbuch voller Abenteuer.

Wie schon mein erstes Taschenbuch geschrieben: Mit Herz, ehrlich und mit sehr viel Liebe, eben von einem Junge aus dem Ruhrgebiet!

NACHTRAG.

Alles was hier nun geschrieben worden ist, entspricht der Wahrheit, so wie ich es erlebt habe. Mein Bruder hatte seinen eigenen Kopf, entweder er wollte es, oder nicht. Ebenso der Freund von meinem Bruder, er war genau so eingestellt, lange Haare ein muss um in der Gesellschaft aufzufallen, Aber beide waren ein Herz und eine Seele, zwei wunderbare Jungs. Beide auch sehr große Fans der Beatles, einen davon hatte man vor zu treffen. Also hat man sich mein Auto ausgeliehen, einen Fiat 600, mein ganzer Stolz, damit ging es ab dann nach England. Was ich zurück bekommen habe war nicht mein Auto, sondern nur die Nummernschilder. Aber warum, das steht hier alles im Buch drin. Nun viele Jahre weiter, hat sich natürlich in Wanne-Eickel vieles verändert, Altes wurde abgerissen und neu gebaut, was geblieben sind nur Erinnerungen. Nun habe ich etwas meiner Nachwelt hinterlassen, sich zu erinnern, wie es damals in Wanne-Eickel war und wie ich es als Kind erlebt habe.
Ich wünsche nun viel Freude und Spaß beim Lesen, denn weitere Bücher werde ich nicht mehr schreiben.

Glück auf.
Peter Grande